张斐·著
SUPA RIVER

云南出版集团
云南人民出版社

图书在版编目（CIP）数据

苏帕河 / 张斐著 . -- 昆明：云南人民出版社，
2020.11
　ISBN 978-7-222-19649-0

Ⅰ . ①苏… Ⅱ . ①张… Ⅲ . ①诗集—中国—当代
Ⅳ . ① I227

中国版本图书馆 CIP 数据核字 (2020) 第 197862 号

出 品 人：赵石定
责任编辑：赵　红
责任校对：任　娜
题字插图：林天行
装帧设计：张　斐
责任印制：代隆参

苏帕河

张　斐　著

出版	云南出版集团　云南人民出版社
发行	云南人民出版社
社址	昆明市环城西路 609 号
邮编	650034
网址	www.ynpph.com.cn
E-mail	ynrms@sina.com
开本	889mm×1194mm　1/32
印张	7.625
字数	150 千
版次	2020 年 11 月第 1 版第 1 次印刷
印刷	云南灵彩印务包装有限公司
书号	ISBN 978-7-222-19649-0
定价	48.00 元

云南人民出版社微信公众号

如需购买图书、反馈意见，请与我社联系
总编室：0871-64109126　发行部：0871-64108507　审校部：0871-64164626　印制部：0871-64191534

版权所有　侵权必究　印装差错　负责调换

序

我曾经多次途经苏帕河,前往平达、勐糯、木城。我是如此迷恋那一带的山水,以至于有一年的秋天,把手边俗务全都放下,在那儿,准确地说,是在怒江边上,在高黎贡山向南倾斜的余脉上,我盘桓、行吟、醉生梦死了整整两个月时间。"斜月低于树,远山高于天",清代戍边诗人陈佐才的精神策源地,大抵上也就是那一片边地,而我也在怒江流入缅甸之前那个苍茫的大拐弯处,获得了书写长诗《渡口》的灵感与素材。那天地之间、大江之上,亡命天涯之人才能拥有的偷渡者或摆渡人的"灵与肉的双重孤独",令我窒息,亦让我发现了世界的某一扇天窗。当然,在写作这首长诗的时候,我之所以把怒江改为了澜沧江,纯粹是为了调动更多的经验和信息,而不是叛逃。

张斐以及张斐的父亲张子炳先生嘱我为《苏帕河》写序,读着这部诗集,我视为自己精神上的一次"重返现场"或"故地重游"。事实也是如此——这部诗集,除了少数的篇章书写的是张斐离开苏帕河之后的"冒险"经验,绝大部分的作品其输液管的另一端,仍然固执地插在苏帕河的血管内。布罗茨基在为德里克·沃尔科特的《加勒比海之诗》所写的序文中，有这么一句："与流行看法相反，外围不是世界的终结之处——而恰恰是世界铺开之处。"他的意思再明显不过了，当加勒比海乃至整个拉丁美洲被强大的传统文明视为"外围"或"外省"，文明需要向前挺进，创造性工作的重担就落在了来自外省、来自外围的人身上，而滋育了沃尔科特的作为文明外围地区的圣卢西亚岛，它乃是"世界铺开之处"，是真正的原生巴别塔。这个观点，近二十年来频频地被诺贝尔文学奖的多位用英语写作的获得者所证明，他们不是来自"中心"，而是"外围"。同时，这观点当然也因为其呈现了世界文明发展的征候并让区域性文明重获神话般的庄严地位而成为显学，亦成为我们视野中最具人性与道德感的文学箴言之一，让众多的"外省"写作者领到了合法的身份证。张斐的写作，在巴别塔的高度指数上，肯定难以和沃尔科特和奈保尔等一大批伟大的外围写作者并论，但其骄傲的审美向度和强劲的内生驱动力，对一片土地的别开生面的书写和对语言的敬畏，完全不是可以用成功学的天秤来衡量的。一条苏帕河，因为她的写作，不仅仅只产生黄龙玉，还产生一首首热情、决绝、丰饶的诗篇。它们像高黎贡山滚沸的斜坡和匿名之河，从天空的巨大阴影中，自己在词语中活了过来，站起身来，朝着它们的四周走去。

《苏帕河》应该被当成张斐人生上游的一部传记。如同是某片波浪、某块玉石、某只鸟儿、某块玉米地、某个水鬼、某尊未命名的石佛的传记。这种传记动人心肠之处在于：当它写"我"，它还是你、他、它，我们、你们、他们、它们，它是无穷尽的。祝从苏帕河出发的张斐，在未来的写作中，将苏帕河写成银河，写成围绕天堂的河。是为序。

雷平阳

2020年秋分于昆明

自序

四月,是无数开始中的一个。那年花朵恣肆盛开时,我在苏帕河畔诞生,而我与苏帕河的开始,还得追溯到更早的——明末。

也是一年花朵恣肆盛开时,先祖从中原随军西征迁徙到这荒凉之地,"芝兰生于深林,不以无人而不芳;君子修道立德,不为穷困而改节"。他们如苏帕河两岸深林中生长的兰花那般,以豁达的气度割舍千丝万缕的牵挂,在这里扎根,开辟出一个族群的原乡。在古树林立的深林中,树枝垂挂石斛枝,花朵高洁、典雅,依稀可见一个身影,正远眺优游自如的苏帕河,形成一种境随心转的境界。

四百年后,我背井离乡到繁华都市追梦,而我的很多亲人返村发展生态农业。人生,有多少远征的英雄?"门外若无南北路,人间应免别离愁。"为什么那么多人还要背井离乡?我想,这是一种自我修行吧。我们总要走许多路,见许多事,才能宠辱不惊、去留无意。

清明,随父母回乡祭祖,目睹自然环境的巨变,苏帕河水没以前清,鱼少了,只有花儿依然盛开。我曾在崖边眺望祖屋,感伤它的一成不变,植物一年年如常生如常死，只有房子越来越旧，屋里光线越来越暗。当它发生巨变时，心中却涌现许多隐忧。对美好的奢求与贪婪，已经让很多美好的东西变成传说。砍伐森林、开采黄龙玉和硅石……开发的力度越来越大，对资源的索取越来越多，我们似乎获得了很多，然而失去的更多。

如今，开发留下的孔洞已经生满红蓼，但我们无法忽视，这些伤口依旧在滴血。所幸，人们在痛里获得了更深刻的生命体验，由此理解生命、敬畏生命，顺应自然、善待自然，人本是自然中的一部分，应遵循天人合一的思想，与天地万物休戚与共。

朝阳村—象达镇—龙陵县—保山市—深圳市……人生的书总在离别的泪水和祝福中撕掉一页页，离开保山市委宣传部之后，我在香港文汇报供职，每天面对瞬息万变的世界。与城市相比，苏帕河的一切是缓慢的，随着年龄增长我越发感觉到那种缓慢的力量。我常在诗句中写下关于它的种种，致幻的桃花、隐匿的温泉、成熟的柿子、迷阵般的草垛……随着我离它越来越远，我更加确信，苏帕河赋予了我基因般的特质，恬静、汹涌、义无反顾，在我的血液里激荡。

多年前与奶奶去采山茶花，经过她和爷爷的生基时，她说："以后不要忘记来看看我们，和我们说说话。"当时并不悲凉，于我，那是遥远的事情，于她，或是已然看淡。如今，爷爷已住了进去，奶奶安慰我们："他是一个柿子，熟透落地了。"办公室楼下有几株茶花，开到艳处，总似旧时光景，我对他们的人生态度依稀有了些许体会。

一切生命都是物质世界无限循环过程中的一个极小片段，河流也有其生死轮回。远古的雨滴在大地上汇成苏帕河，苏帕河注入怒江，流入印度洋，大海生成的西南暖湿气流越过中南半岛飘回云南，被高黎贡山拦截，化为雨水再次降临苏帕河。随着时间的流逝，她的走向、形态、径流会出现变化，会衰退甚至消亡，当苏帕河走完一生，优雅告别的时刻，或许会有新的河流孕育形成。"死亡是瞬间的消逝，还是永恒的开始？"

当我站在河边的黄蜡石上，掬一捧河水，看它一滴滴漏尽，逝去的过程也带走了我的体温，带走了部分的我，我们终将要回归到自然。"如果我能向死而生，承认并且直面死亡，我就能摆脱对死亡的焦虑和生活的琐碎。只有这样，我才能自由地做自己。"

延绵不绝的群山之上，是无比清澈的天空，大片云影恢宏略过，仿佛时空交错。森罗万象，四时风物，都汇聚于这一瞬流光。多想这世间能保留一些天然的事物，多想灵魂能保留一些纯真的部分，诗，具有神秘的能力，是能抵达这种意境的方式之一。

我理想中的写作状态并不是以审美的方式进行，更不是以抒情的方式进行。一切源于自然，所有雕琢都显得拙劣，唯冥冥中自然的序列呈现于心，呈现于世，诗如是，万物如是。

张　斐

2020年谷雨于深圳

目 录

第一辑 向死而生

向死而生	002
麻窝铺	005
大密腮	006
枯水河	008
大鱼——赠父亲	009
在河边	010
春水	011
红蓼	012
河埂	014
潜入自己	015
秋风的消息	016
巨石	018
新娘	020
水鬼	021
云影	022
冷水鱼	023
河之豹变	024
温泉河——赠母亲	026
告别	027
河畔餐厅	028
放生	029

船夫	030
六月	031
河在流	032
一只鸟死于水草	033
白鸟	034
河书	035
断尾鱼	036
无梦令	037
菊花煮鱼	038
春逝	042
村庄蹲在沟边洗手	043
河继续流	044

第二辑　锋镝余生

柿子	046
木耳	047
秋鸟	048
夜鸟	049
春末	050
树桩	051
龙舌兰	052
绳索	053
薄暮	054
白花蛇舌草	055
花椒	056

有阳光的下午	057
挪一个动词	058
在山坡上躺一躺	059
日落时分在松山	060
桃花的存在	061
四月	062
断春	063
古代的桃花没这么红	064
旧桃花	065
最后一朵桃花	066
以生锈的方式盛开	068
枯萎的玉米林	069
鱼腥草	070
月季（未完成）	071
苦刺花	072
豆地坡	073
独倚芭蕉坐	074
悲秋	076
野草信	077
野草信（第5稿）	078
路	079
庄稼	080
布谷	081
独眼羊	082
凉月	083
雨落下	084

草垛	085
在树下	086
姜花	087
云	088
消失的事物	089
石菖蒲	091
九月的手	092
团坡地	093
紫皮土豆	094
割野草	095
草席	096
白色花	097
一只鸟在树上停过	098
枯萎	099

第三辑　兰芝常生

金黄木棉	102
那个姓李的广西人	103
草绘黄龙玉地图	104
小黑山腹部	108
挖	113
荒年	114
风钻机	115
蓝色帐篷	116
一片玉米地	117

石头地的秘密	118
石头墙	120
腊肉石	121
山流水	122
玉雕师	124
雕玉	126
水草花	127
水草花之殇	128
美玉英雄	129
乌鸦皮	130
挖玉人的几种结局	131
周婶子的孤独	132
比玉更易碎的	134
意外之外	135
背对一块地	136
碎玉	137
玉人	138
石头还是石头	139
雷打石	140
石头有石头的命	141
大烂坝	142
乱石堆	143
望春	144
兰	145
石斛倾晨	150
紫萦仙株	151

石斛	152
幽谷石斛	153

第四辑　芸芸众生

表妹	156
鬼火	157
招娣	158
吹打人独白	160
哑巴	162
闲聊	163
佛性	164
山水画	165
生基——赠奶奶	166
悬念	167
醉春烟	168
家谱	169
雨夜之冷	170
光	171
黄昏	172
村庄之屑	173
等待	179
无雪的冬天	180
杀猪人	181
针线活——赠外婆	182
自由	183

唢呐	184
水芹	185
她的名字	186
没有名字的人	187
洗衣亭的女子	188
姐妹	189
瓜架	190
黑白照片	191
碑	192
归隐	193
旱烟卷	194
院落梨花雨	195
送别——赠爷爷	196
墨水瓶——赠外公	197
挖土豆	198
送葬	199
结果	200
交换	201
宿醉	202
命运	203
抵达	204
星空	206
一截木头	207
囚	208
黑梦	209
重生	210

相遇	211
缓慢	212
观照	213
朝拜	214
佛光	215
取经	216
秋风	217
云南云,我用泪水镌刻	218
脉表	222
消失的村庄	223
外一首·林先生	224

第一辑　向死而生

Attending/24cmx27cm/1998/Chinese Ink and Gouache on Rice Paper 林天行

向死而生

它是大地不愈的伤口
有生以来,向干涸而流
奋力将自己从大地抽离
爆裂出一根骨头
在寂灭中交出自己
庆幸岸上再无李白和项羽
那绵绵水流就是白刃
划向世界胸口

它悲泣以挽留自己
万物相继远去
抑或远去的是自己
来不及等春草繁盛
鞭笞辽阔的脊背,催开血莲
火焰跳动,诅咒的黑雾滤过肺叶
双眼的泪水是一切的源头
大地将汲取这盛大的恩惠

它葬花以哀悼自己
寒冷不断侵蚀
生是卑微的,死将更加卑微

无法忍住一生的痛楚
和对寂寞春深的忌惮
与未来的自己暗自厮杀
用鲜血的波涛击溃岸
消亡的瞬间获知生的悲哀

它痛饮以忘记自己
真正的消逝不止于干涸
日以继夜奔流
只恨从未出生过[1]
注定不能成为隐者
便与自己分离
无数条河自它身上长出
横行无忌,集体指向干涸

---

1 "生于仇恨,没有精液",出自 Rammstein 的德语歌曲《mutter》(《母亲》),原文为:gezeugt in Hass und ohne Samen。
这首歌的主人公没有"母亲",产生于一个实验,他向从未生育过的母亲报恩并复仇。

大河沉寂,孤独上路

彻底的消逝永远召唤着它

抽着悲伤的水流

无止境地以永生之躯奔赴死亡

唯有消逝值得对抗

生命

作为唯一的真理

不息流淌

麻窝铺[1]

这些浑浊的水是什么
从撕裂的山肚子流出
铁锈色苔藓从死亡中惊醒
举起袖珍喷火器
生就是一场战争

根在地底分生
细茎上拳头一样握紧的叶子
击打向风
对命运最优雅的致意
就是抵抗命运

一些事物被碾碎
你会看到脚下的路
如何通往黑暗与光明
而水失去了道理
道理已在眼泪中泯灭

---

1 苏帕河是怒江右岸的一级支流,其主流发源于大雪山南麓龙新乡大硝村的麻窝铺,海拔2300米。

大密腮[1]

当寒风以利爪攫取灵魂
影子在山间苦行于乌云之下
干硬的香蒿四处丛生
我伸出手，犹豫地抚触
像摸在母亲碎发凌乱的额上
我的手沾满苦春的汗液

我听到脆弱的声音
是水涌出来，互相推挤、喧嚷
分开又聚集，溅起光芒
当冬至雀湿润的翅膀掠过寒风
飞上巉峋的树梢
它们高昂着头望向远处
目光搅动着寂静
这渴意便沾湿整片原野

此处显现，彼地消隐
以一闪而过的方式宣告非凡时刻
怀着某种使命
它本应将山谷荡平
而此刻，却默然返身
隐匿于群山之间

---

1 有专家考察后认为，从流量看，麻窝铺是苏帕河源头无疑，但从流长看，应在大密腮。

White Waves/54cmx73cm/2002/Chinese Ink and Gouache on Rice Paper 林天行

枯水河

一条河，在遗忘中存在
它饮过的马，面孔陌生

一条河，失去所有附庸
渡它的船和桥早已腐朽

一条河，长满野草
走入的人，再不敢赤脚

一条河，不知道自己已经干涸
还在无止境地流淌

大鱼
——赠父亲

水滴冷冷地溅在失血者脸上
他的一部分,变成河流
远去,自由且悲伤
他感应到源于自身的威胁
伤口在寒冷里喷发成火山

鱼鳞云铺陈开来
天空举着火炬俯照向他
那晚,他从未且再无
如此接近黑夜
一切黑都由他内心渐渐扩散

一声鸟鸣在深山中下落不明
命运的怒潮带着残忍的善意席卷而来
他假设自己不曾存在
在河的泪水滂沱中将自己引领到
那世间

在河边

桃花
再次先于春天
谢去
倏忽就被风吹散了

春天追随桃花
跃入流水

是一朵桃花,让春天
生而复死
死而复生

春水

必须目睹你消失
以印证你来过
遗忘或怀念当如何

你曾是我的一部分
如箭矢
痛且不可抽离

风、月亮、云
在你走之后
犹豫且失序

山谷飘荡回声
河水奔涌而来
而我只求,空空如也

因你,不复再现
作为局部
失去或残存的美好

红蓼[1]

它们随意地生
在昏暗中随风摇荡
当暗夜被一只鸟的鸣叫划破
它们簇拥太阳溅落的碎屑

并不够热烈
也绝非忘我
而是在冷静中
将自己的血一点点挤出来

默然盛开
犹如火势减弱
而后平息
它们随意地死

春天,春天
微笑的嘴角挂着毒汁
春天,春天
残杀优雅地进行

---

[1] 红蓼,傍水生,花细小繁密,味辛,有小毒。

春天,春天
不死之魂解体
春天,春天
永恒的寂静来临

河堤

昨天，黄昏
一怀香薷柔嫩
你绕过河堤来看我
而我已离开

今天，黎明
你又来过
将酒瓶灌满河水
插几枝鸭跖草，放在窗台

你来过，又往回走
步伐认真缓慢
像止有人推窗，眺望你背影

你来过，又往回走
像一只鸟飞向远去的春天
无望而又充满希望

潜入自己

我向下,俯视
自己,河水奋力地
要抹去,关于我的记忆
水,去时悲怆
听不到松涛和春天
也未感知词语和危险

在这荒凉的大地
天空徒劳地亮着
我就在这里
但无人知晓
毒汁一样的泪水
注入河的心脏
以液态的形式
占领整个大地

窒息、眼盲
意志淡远
我,就要潜入自己的血液里
……

秋风的消息

午后,一阵秋风,夹杂菊花
以狂乱之姿向河翻滚
水的涌动有了新的念头
一种离愁,几分爱欲
有人在岸边回想,倘若
一切重来,必全力抓住
绝不付与秋风

秋风如此掠过,残忍地碰触
他的嘴唇,刀锋起落
上一瞬存在的,尽然散失
无可等待,秋风
扯不断,即便停止
也无法终结

他在流多年前她为他而流的泪
一切已经结束
有时秋风就是这样无情
另一些时候,也会吹开花朵
一瓣瓣在微寒中颤抖,那样无助
又那样美好

紫色的菊夹在书中,但是
书中的誓言早已把他忘却
他怀念自己的名字
在秋风中感觉到
自己,以及自己的到来
悲哀如将带露的菊花放在
自己墓前

他怀疑,像风一样掠过的她
是否真实存在过
而秋风,一定是真实的
将石头上的水吹干
将她的幻影吹散

黄昏中的云大朵散去
光摇晃着,绵长得令人疼痛
那易逝的时刻不朽
还有什么令人心颤
菊花的消息于风中消散

巨石

六月,无云的天空迂回于此
我已远离
太阳高照
使不息的流水
显得无辜或无邪
闪耀的光芒
带有不可丈量的某种情义
复刻一万面镜子的无言
途经的鱼
铁青、冷漠、无序
摇摆尾鳍,击碎
水和光,就像此刻
我在别处敲打
疼痛的局部

或许哪天,会有什么
让它沉入河底
或是,无光的领域
当然,一切
安然无恙,可是
作为事物的印记

与之有关的
一切,正在消散
巨石,安眠抑或冥想
作为一种危险的存在
此刻,聚集着太阳的余温
尚且火一样滚烫

新娘

你从风雨桥走过
此刻,大地回暖
一个人面对整个世界
午后美好洁净,有始无终

今夜,天空将被你的脸照亮
被赐福的鱼群散去
消失在河里,在一种维度里
保留你的冰冷,世界重归寂静

水鬼

水草、灰鱼,木头浮起
凝神眈视,挨近
等待有人替他活下去

完美的溺毙即将在眼泪中完成
黑暗之梦近而复远
一个无意的转向
尾随者遇见自己
彼此都无法回避

他转身,再次出发
迷失在他的路途
夏天很快过去
庆幸的并非他上岸了

云影

恢宏地掠过
把过去的时刻徐徐延展
世界出现两重性

你的存在
于上一瞬的世间
不过是毫无意义的碎片

哪一个世界更可靠更准确
如果你存在那里
这里便是虚无

已不存在的河
你未及踏入
已流淌入你的血管里

因属于一个不朽的时刻
你的不在场
并未让世界失去完整性

冷水鱼

暗潮汹涌,月光晃动
鱼群互相牵扯着
像剪纸,一尾尾逆着风向
从他头顶掠去
落水者在他者的凄怆中
深陷安谧的梦里
红蓼柔美,石头安详
仿佛人间并无悲喜

河之豹变

河,世间最后的苦行者
从生流向死,又从死溯源而来
它的慢不可企及,像尚未开始
庇佑的事物不断消失
而它无限延长

河,将自己推到先锋的位置
将自我孤立为深渊
在跳崖的仪式中获得重生
在盲目的哭声中
从母体分离出一个神

河,为春天的命运而抽搐
发白的脚趾
偷空的钱包,地址不详的信件
都一一接纳
水仍近乎透明

河,厌弃膜拜和抵达
每一个时刻都在告别
每一次告别都在忏悔

被信仰者双手合十,说,回头是岸
众人隔岸观火,口干舌燥

河,永恒的清醒者
将劈开的太阳无数次舔舐
是否会留下一抹血红
注定孤绝,无若静寂
唯愿速朽,不知春秋

温泉河
——赠母亲

阳光不多时就到上游
或者把身子没深些
在雾白色里
远远地想些事情

有时候泡得久了
乏得已没有回去的力气
就躺在开满野花的草里
与天空默默相望
尚有足够时间
做无用的事情

告别

伫立在河边
此刻，意念中应有桃花
从我们身后落下
缓慢而悠长
划出一条血管的曲线
心有感触而保持沉默
因无法使它再度完整
并着肩，倘连为一体
不必袒露无法缝合的伤口
这一刻将在未来的记忆中无数次被撕裂
只如此静默地看一看河吧
水孤独得像负载着某种死亡
依然向前流淌

河畔餐厅

像一个即将远行的人
像一个要离开生活的人
在座位上独饮
此刻你的沉默是被允许的

电视机无声地播着一幕惨剧
疼痛多么真切,却没能传导你
平静得就像
你才是没能留下遗嘱的人

一条河在你的身侧流逝
你耐心对待躺在盘子里的鱼
享受着吐刺的快意
并确认那些刺来自良心

放生

翕动嘴却没说出拒绝
当它挣扎
我心如刀绞
一切机谋都构成窒碍

离开我才能续命
我不知应如何告别
不忍握紧
也不舍松开

道别的手将抽离手心
我的空手僵硬
仍保留鱼的形状
就让一条鱼留在失去河的意义里

船夫

船相对山,微小如叶
从巨浪中跃出
于散落的星系逆流而上

曾把自己作为主宰者追随过
如今匿身于透明的事物
悬而未决,恍若置身假象

鱼从他身上看到自己的形象
一切都在流动,而他不动
河一泻千里,其上并不见一艘船

六月

有河在面前流过,五月之后
有白鸟从叶间飞起,你到来之后
夜风,吹出落花随水去的念头
天空青冥,何不调琴写山水
如有酒在手边,何不畅饮
无所忌讳,醉卧在倒影中
你在远处,剥一只果子
世界被一片片撕碎,露出真相
万物一边死亡
一边生长

河在流

河在流,我爱这缓慢流逝的事物
鱼鳞石上的青苔
很多年前就已经长出来
垂下来的绿枝慢慢变黄
去年的桃花
落进来,去年的往事
顺着河水流去

每一个清晨到黄昏的光
安静地眠于水中
很多年了
河流保存着岁月零碎的体温

有时河在冬天掏空胸腹
进入一场绵长平静的睡眠
抚平陈旧的心情
河流像树枝一样
继续缓慢地生长

一只鸟死于水草

翅膀在天空划出一道伤口
一片扭曲的黑影从明媚中剪落

眼珠闪光,羽毛颤动
像仍在呼吸
喙,衔住一片残阳

谷穗饱满
受孕的大地满怀哀伤
阳光和风,把草往下压
黑夜就快降临
一层白霜将包裹这小小的尸身
让魂在冰冷中醒来

白鸟

通身的白里只有一种黑
注定要成为惊涛骇浪中的炸雷
在对望时以粉碎赴死

张开翅膀
人生的边界飘动
我们的肉身和灵魂合一

翅膀,利爪
和能看到未来的目力
弥补我体内更深远的部分

原以为,此后将别无所求
谁知拖着失衡的身体
两颗心陷入更巨大的不幸

河书

河，是一种危险品
潜伏于纸上，一打开书
便获得流淌，春潮涌动
整个季节，都无法平静

或消逝
或合一
或临在

你惊慌失措
不知是否该把书合上
或该将体内的水放生

断尾鱼

最接近生
也最接近死
横陈于蜡黄的石头
身上滴着水
双眼看不到永恒
而从它双眼却看到永恒
刚脱离死
又丧失生

无梦令

黑暗中能感觉来自群体的威胁
我需要分身
并非为了反对世界

爱情深深刺痛了秋天
另一个自己从体内哭着来到世间
血是唯一的馈赠

已不能够再做梦
永恒的完美
比永恒更加无谓

最后的生者,伟大而孤绝
骇人地赞美死亡
除了失去,一无所能

菊花煮鱼

1
秋风慢了
一坡菊花斜斜开去
犹如复活的太阳
将再次被掐熄
在假象中
延展

2
鱼在盐的刺激下翕动腮
像悔悟者
无声地陈述着自己的罪状
伤口是疼痛的唯一象征
却没有血
这世间早已无泪可流

身子挨着身子
伤口触碰伤口
在这最后的时光
如同表演行为艺术
以群体的死宽慰着活着的生灵

3
断枝矗立
山坡上
此刻
风声四起

菊蔓疯长
从胸中亮出匕首
以血嘲笑
死亡

4
鱼回到水中
水已陌生化为人间
人间已丧失状态
抽搐着游弋
嘴此刻都张着
似乎要将世界的耻辱重重控诉

蓝色烟雾升腾而去
虎视眈眈的天空像另一片水域
它们无处可去
在自身的意念中徘徊

5
菊花穿梭于千百万苍生
像一簇簇悲凉的火焰
照见世间的苦痛

摒弃一切伤情
用秋风的言辞
赞美和祈祷

6
火焰由抚慰变为伤害
在一瓢水中知晓河流
信仰
碎裂于火焰之上的狂风
即便致命
鱼终究离不开水

7
遭受处决的它们
被宣布无罪
昂首的姿态
仍保持自由义士的样子

在没有道路的归程中

开拓者磨灭血肉
又隐没了发白的骨头

8
沾着腥气的刺落入尘土
没有任何声响
骨子里的尖锐未能构成威胁
也不能自卫

9
鱼
必须回到水
再死一遍

菊
必须跃入风
再谢一遍

春逝

生命正向体外扩散
我在衰败
在春光中热爱
在梦境中遗忘
灵魂在悲哀中获得恩典
我来
即是离去的一部分
必须缅怀些什么
或者
什么都不必缅怀
我亦处在被毁的事物之中

村庄蹲在沟边洗手

缓缓流水
落满灯光和影子
村庄仍习惯用夕阳眺望远方
习惯在暗处等待
习惯被填满、掏空
以及割断

落尽叶子的村庄,那么小
像一粒种子
攥紧在游子手里

河继续流

渐渐安静下来了
祥和的土地
那些无规则的坑淡化了边际
春草笼盖深渊,大片地
死去又生长
浩浩荡荡

他们,白天劳作
夜晚就听风从竹林刮过
很多年,就这样过去
曾经的奇迹与伤痛
已经被遗忘

流云和星辰在河里游弋
一部分岸没入水中
又或许有一天水将消失
但是这条河
作为一根血管
还在我父亲失去的右手上继续流

第二辑　锋镝余生

Hello Here/45cmx53cm/2006/Chinese Ink and Gouache on Rice Paper 林天行

柿子

阳光热烈,树长久地
在土房子背后行走
影子交叠、晃动或静止
比树干和树干上的叶子真实
果实的成熟,比修辞更难逾越
下坠
穿过天空和深渊
目睹来生

木耳

松针捧不住惨白的阳光
朽木一头雾水,从不聆听
支着一堆拥挤的耳朵,证明仍活着

人走来,扯走
闪耀的狂草和安魂之梦
也扯走合拢的伤口里无骨的疼痛

只为一句话再度长出一只耳朵
木头沾上人的气味
发出古怪的低吟

人,背对着火,失聪般悲哀着
垂着头,吃下一盘森林的声音
当想到冬天,他才宽恕了自己

秋鸟

一只鸟
离天空更加遥远
同时也背离大地
使林子盛大辽远
伟大孤绝
如同一个回忆

这就是秋天等待的那一只
黑色记号刻在树上
飞越自己的影子
被光照亮
先葬身于荣耀
而后死于渴望

夜鸟

天穹被鸟鸣撕出裂痕
而四周楸木欢欣狂乱
碰撞着月光
空间重叠
使孤立的事物立体
薄雾渗透入午夜
这危险的愉快里
无人看见
一个影子的片段
掠过丁香阴郁的花丛
虚构了在另一个世界的行踪
在存在与不存在之间
新鲜的血液正在滴淌

春末

时间迅疾流逝
万物拒绝成长

若春光无限
你便要虚度一生
春将尽,我们将被遗忘
春易逝,只赶得上旁观
幸而,它将重返

树桩

仅存的是伤疤
上了苔痕
拴过的马拖着一截粗麻绳
在落日里
蝉已羽化
叶上之风还在吹
曾栖身枝头的月更明了
压断的草又长出新鲜枝叶
漫山葱茏
绝望多么短暂

龙舌兰

风掠去，巨叶不为所动
此刻，向下开放的花朵是孤独的
狂热、温顺
且面色苍白的花
幽闭于秋天永不抵达的长夏

绳索

太阳在焚烧
她把晦暗的面庞俯向溪水
抡起木槌
砸向腐烂的龙舌兰
毒汁止痛
暂且遗忘没有归途的命运
黑血在树影的裂隙间渗透

她从水中捞起
那些纤细的骨架
抓住失去锋刃的刀
她直起身子
而天空一动不动
大地安稳做梦

她就要相信世间祥和
互相撕咬的风让她再次清醒
自己是荒野中的一片巨叶
必须抽出体内的纤维
伺机勒断秋天敏感的神经

薄暮

在杂草稀薄的沟涧边
龙舌兰的枯萎
像那轮淡淡的落日
像落日之后抹去字迹的暮色
像暮色下睡眠片段中的祖母
那么干枯地
坐在一把藤椅上
安详地持续地
仿佛永远也不会隐去

这凉风般淡淡的冷静
这冷静中暗藏的不安
像一只冰凉的手游移到腹部
犹如即将分娩
突如其来的痛楚击中我
使我无法站立也无法哭泣
只能任由
穿过龙舌兰的虚无之风
划出一道道裂口

白花蛇舌草

天空像碗盖一样缓缓合下
压在耗尽热望而发凉的心上
一朵白色小花从夹缝开出
洒出比月光惨白的一瞥

这缠绵不绝的时光
把根深扎到回忆里
雨水绿了
苦涩填满瓷碗上道道裂痕

整个山谷沦为湿热的囚牢
柔蔓深怀惊恐伸向四面八方
举起一把把尖刀
刺入春天的心脏

花椒

一棵花椒树
孤独地醒着
在空寂如白房间的旷野上
在风中数着身上的骨头
站在自己的阴影中切望

刺很硬,果实夹在花里
绿、红
有的露出黑亮的籽
在空荡荡的黄昏里
如你眼眸
忽然命中我

有阳光的下午

蔺草边,松树下,支着竹盏一架
晒玉米、豌豆、草果、青菜
我也躺下,把肉身晒一晒
静静地在它们中间
把身上的气味都散去

挪一个动词

雨滴,到黄昏停了
花仍然不时掉落
竹叶把影子剪乱

白云飘过,把天空擦得澄澈
月亮,像谁捧着易碎的心
颤颤地移到枝头

投一枚石子,鸟从林子惊起
可这还是太静了
必须往里再挪一个动词

在山坡上躺一躺

光被击伤一样黯淡下来
像在海潮中死命挣扎
太阳要把你带入黑暗
夜晚让人深知愉悦,也深知危险
越来越暗,草垛渐渐模糊
我不相信亡魂能够安息
四周鼓点般的脉搏此起彼伏

黑,正一层层向我覆盖
就像海上的浪一下下拍向礁石
而礁石,千万年前就已经硬化

日落时分在松山 [1]

在流云之下
在布满青苔和松针的土地
把根扎得更深一些
把脊梁挺得更直一些
再把叶子落得干净一些
将血肉风干
将骨灰吹散
生活过、爱过、死过,
——在滇西南
已经足够

---

[1] 中国远征军于1944年6月4日进攻位于龙陵县的松山,历时95天,本次战役胜利将战线外推,打破滇西战役僵局,拉开了中国大反攻序幕。

桃花的存在

桃花的存在
是为了一个开始
我无法做另一种假设

桃花把风引到这里
一些溃散的事物在此续命
我已显形为桃花

一抹血色在我唇上蔓延
桃花入侵血液
忘我地献身于春天

不再需要幻想
既然血色
已使我进入幻想

我要把桃花从春天分离出来
我要把你
从我里分离出来

四月

我在光下
栽种四月的寂寞
收集落下的雨水
边开边落的花
在空中飘浮
收起水色之光
好像一只鸟衔着沉默
用羽翅狠狠地拍打着风

我在风中
铺边角卷曲的四月
摇着舟楫
扇着梅烙团扇
渡到潮湿炎热的等待中
我就像坐在热带的鱼尾葵下面
厚而硬的羽状全裂叶
让我获得一种坚实的疼

断春

辽阔的荒原,石缝中
挤出带泥的蕾

这是风的起点
也是风的终点

转瞬,一切将不复存在
且不复再现

凋零是唯一的呐喊
在照亮生命的光下死亡时有发生

古代的桃花没这么红

景区里曾远远看到
一种红得偏执的转基因桃花
据说四季常开
无论何时相遇
都能营造一场春情

长而凉的春天在无声中
从我体内缓缓穿透
花蕾在我的焦虑中咬着红唇
我们都曾在桃花的旖旎里做过梦
而后,目睹它枯萎
或在谢前将它吹散
在斑斑红痕消失之前
使我遗忘吧
如同被遗忘那般

春天不过是一场残暴的梦幻
垂死的肉身中我跨越光
盛开一如斜阳下曾遇到崔护的那朵

旧桃花

桃花,开在去年开旧的红里
粉饰皱纹,顾影自媚
裙袂轻动,云散去一般
身段风流,徐徐铺展古代山水
幸好没人说破,新叶掩盖的皮是旧的
凝了琥珀泪的疤结是旧的
汹涌的香气也是旧的

那花瓣触及心尖,足以让人相信
一朵桃花的盛开里,有春天的
所有天真,却又具某种威胁
它将以嘴唇的样子被记住
在清冽的风中,颤动
半掩面,要引你入梦,诱你丢魂
纵身跃入一弯明月,下江南

春光短暂,似乎桃花根本不值一开
何必拂袖而去
明知并非所有桃树都能躲进空谷
何如我们,以一脸茫然就足以应对一切
何不原谅自己
它不够轻盈,无法飞抵亡灵的高度
它将凋谢,将结出砸不烂的疼痛之核

最后一朵桃花

最后一朵桃花
是春天最柔软的部位
像蜷缩于线装书的
最后一个词语
五个花瓣被依次打开
挥霍了一个季节的唇色
此刻薄得像要渗出血来

凋零是一场瘟疫
从一朵桃花的咳嗽开始蔓延
春天不断地被落下的花瓣漂洗
在这被废弃的湖面之上
我触到最欢欣最无奈的

疼痛,比绢帕上的血印更惊心
这些岁月的陈迹
在一场大雨之后
连同所有的回忆了无踪迹

这最后一朵桃花
把盛开镌刻在女子的木梳上

要知道
对于一朵桃花
落在水中和落在泥里同样完美
同样有着永远填不满的缺憾

以生锈的方式盛开

被弃置的不是桃花的天真
一抹血泪沿着树干浸透了春天
还爱着的陌生人
不知桃花开到颓败
始终不肯熄灭
好像数十吨废铁的骨骸
任由内心一点点腐蚀

在他离去之后
像开错季节一样狂开
反复还魂
始终不肯散去
一个春天属于多少朵桃花
而一朵桃花
只属于一个春天

枯萎的玉米林

秋收之后
玉米被挂到屋檐下
照亮一部分生活
枯萎的杆还留在过去
人们已为另一些事忙活开了

耸立于无法逾越的苍茫
时间久了
便忘掉死亡
结束的尚未开始

叶片延续着某个瞬间的姿态
无数场景交织着
风一吹动就哗啦啦漫山响起
由近及远继而无限
它们在行走
要把大地走空

鱼腥草

经过春天
总有些事物让你不经意心碎
随手用竹枝挑挖泥土
辛而凉的气息便冒出地缝

这些土里的骨头白而脆
绿叶,恍若死而复生的人
把手掌递到地上
等待被干干净净地抽走

月季（未完成）

急雨、寒霜
秋意一天深似一天
人间烟火，升腾，弥漫
花在雾气中姿态闲散
就像你谈论爱时那么淡然

整个季节表述的衰败
不敌风中一枚欲爆裂的蕾
它有足够的底气宣布
又一个盛世开启

让人欢欣的事物
带来悲伤更加巨大
一朵接一朵
跳崖般没有回音
那样忘情地红过
又互相尾随着纷纷凋落

苦刺花

血是我们彼此的馈赠
疼痛强调了存在
花朵裂开
薄脆如骨
影子移动在碎石遍地的荒坡上
我们只是重复着无以言表的动作
我想将它从山野中拔离
恣意于遥不可及的念想

豆地坡

阳光晃眼,影子扭曲
叶片摩擦出不安的声响
长满太阳斑的脸有些倦怠
对蚕豆花热烈的比喻
表现出近乎肃穆的漠然
像燃烧过的一根枯枝
就那么坐在地头默默看着
春且将去
寂寂地又一次死亡
又一次诞生

独倚芭蕉坐

周围的一切都是静的
可以把一丛芭蕉种到宣纸上
把清风引来
但最好别让雨滴下
以免一夜不眠

其实,我没见过这样的芭蕉
或许并非所有芭蕉都心怀怨悱
我不打算替芭蕉表达忧郁
它们年轻得让人感到阵阵渴意
芭蕉畅快淋雨
不背负人类的哀愁
不必无辜地空守清白之身
不敢黄,更不敢绿

Kwai Fong Estate (3)/55cmx73cm/1999/Chinese Ink and Gouache on Rice Paper 林天行

悲秋

凋零、结痂
原谅任何不幸
曾重获新生的大地
如今又要再次死去

已辱没太多悲悯
万物都要被遗忘
经历过生死的心需要什么
除了热烈献身和抹去最后的幻象

野草信

想把野草
一笔一画移栽到信纸
寄给你
这寂静如我,你是喜欢的

一坡草,反复枯荣
写了十多年
仍未寄出
既然已许久不联络
又何必贸然加深你的寂寞

野草信（第 5 稿）

我多么想把野草移栽到信纸上
根芽又苦又甜
蓬勃、纠结
理不出头绪
我想让你知道
多少连绵的幸福和疼痛
在这个安静的下午
被反复扭绞
割断、撕裂、连根拔起

我常以为自己还在它们中间
紧紧踩着不安的影子
在夕光中摇晃、颤抖
而你，以为我在舞蹈、陶醉

秋天来了
未寄出的书信
笔画枯萎
散落晚风

路

人们一年年走过去
走着走着
很多路就没人走了
用不了多久就被野草隐没

后人走出另外的路
还拾掇着那几样农事
作物变黄
亲友从不同的路赶来帮忙

旧屋里面住着渐渐老去的人
农闲时有人穿过院子
边走边顺手拾一捆干柴
扔进火塘

听说有人从远方来过
打听自己的名字
先说自己走错路
又怨别人住错屋
很多年了,消失的路又被走成路
而那些被野草覆盖的地方
曾被千百次踏过
如今又像从未被走过

庄稼

面对一片荒地
我并不感到悲凉
这些油绿的田地似乎更像补丁
这些被一针一线穿起来的庄稼
绿得虚弱

这些优越的绿
这些事关生计的绿
端庄地站在田地上
遥望着一片荒地
那些随风摇晃的野草
腰肢那么纤细
可以在果实饱满之前
随意地枯萎

这些身姿丰美的绿
这些灵魂日益消瘦的绿
按着身上的空虚
像按着内伤
庄稼,这些沉默太久的植物
用内心的阴郁养育着人类
捧着它们留下的果实
我泪流不止

布谷

黄昏，布谷——
一片绿叶跌落
风猛烈吹过，声音获得重量

布谷——
孩童在屋内拍手跳
与未谋面的鸟对口型，做游戏

布谷——
它的空洞在耳内回荡
并未引起对飞行的向往

布谷——
一只古鸟，两个音节，一死一生
构成春天和林子的一部分

布谷——布谷——
它已远去，空留声音在树梢
布谷——布谷——
声声像中了剧毒

独眼羊

它没有被杀
因为丑、瘦
或者因疤痕恐怖而具有某种神性
一年年活着,活成了奇迹
对世间的不公似乎早已宽恕
低着头,专注于草
脸,一半在斜阳里,一半在春风中
花开得自由自在
它缓缓地啃食
摧毁着美却完全不觉得疼

凉月

松间,柳丝,白云一片
春河水,设定一个有去向的场景
青雾绕,置身一个可交叠的空间

烘染或喷绘太直接
用松节油描摹
再以墨色罩染

试图更接近古人心境
你将纸张打湿润
在水气中渍染
再施以淡墨就赭石藤黄
撒几粒粗湖盐
伸过夹在指间的香烟
欲以落灰烧之
又忽然不忍

雨落下

云飘完虚无的一生之后
每落一滴就像
天空开了一枪,草木战栗
世界崩溃

而当这清亮的雨滴温柔地
晃动于叶尖
泪水般闪耀
世界又陷于安详

雨是生死交织的虚幻场景
归于零的迅疾表演太过残忍
声势浩大地席卷而来
又悄然隐没于荒废的原野
在这浩大的寂灭中
无限接近死亡的万物得以生

草垛

寂静,四周都是山
风吹断,多少流水,古琴般发着颤音
在远景中,稻草隐去光芒
结成,藏着温软肉身的茧

她抽丝般抽着梦
而他迷失在草垛阵
着子是安身,是潜心
提子是悬念,是剜心,是转徙和离散

一只飞鸟都叫人惊心
周身是绊脚的根茬,满地黄花挣扎
忍受过丰收,又忍受另一种获得
她,拈着稻草,直揉搓得山水显露春意

在树下

也许是去年,也许更早
梨花就要落完
草长深了,满地无边无际的绿
一个身影被风吹着,在夕阳中
泛出迷人的光辉
微微抖动,在树下

那阵风,一直吹
吹到现在,不忍停下
在山坡,无边的寂静中
早已没了那身影,在树下

姜花

在六月背转身子秘密盛开的
姜花，绽放出爱情之前的
一段白
纤细无声的雨水落下
以及更远处，缓慢的，那些晨光
落下，姜花从体内抽出的孤独

如此洁白，仿佛女子
从衣袖中抽出
没有刺绣文字的丝帕
沾满了泪水和屏风后的情绪
还有那未说出的词语
碎了又碎

姜花，一生守着纯洁的夙愿
喝清水，吃阳光
迎着晚风捋了捋头发
花瓣随意落下
梦落下
一转身走回宋朝
告诉我，依然美如当初
——那些盛开过的姜花

云

没有谁能无视那虚弱的美
这些盛开的巨大花朵
已耗尽了迷人的香气
和暗自纠结的忧郁

没人知道它们要去哪里
这些成片成片
悄无声息飞翔的
火簇,在冗长的夜晚
耗尽了体温,如此虚弱
没有谁忍心去触摸

是怎样的女子
把这些洁白的秘密
在明净的天空上
反复抒写、擦净
从没有过这么美的虚弱

消失的事物

不要再抚摸这荒凉
我目睹许多正在消失的事物
废弃的水井
落入阴影的桃花瓣
头盖骨松动的葫芦瓢
以及战栗垂死的太阳
荒原冒着一尾尾芦烟,水汽咸热

我们祖先,把洁白的骨头
攥在土中
孤独领略血肉剔尽的
干净和恰到好处的温度
被压得疼痛的姿势
缓慢抽出
这不仅仅是为了回忆
是铭记,文字的泪水将我们也
淹没

云朵,麦芒和风,消失的
生活的微尘和伤疤
我们皮肤底下

言语重击留下的淤青
如同无人翻阅的书卷
渐渐空如贝壳

这最后一曲
由羽管键琴演奏
我咀嚼它,如同咀嚼石菖蒲
苦,辛,微凉,带着毒
但是无比清香

石菖蒲[1]

生来就是纤弱的
在山涧石隙如此
移栽到院落也如此
熬成汁沿着胸腹汩汩流淌
温和地通利心窍
药性依旧是弱的

活着,多么不容易
尤其作为一丛草
这些年早已学会示弱
风一吹来
就随性地晃动
不敢轻易枯萎
常年用绿遮蔽着悲喜
不断将自己埋向更深处

---

1 石菖蒲,只要清水不涸,可数十年不枯。

九月的手

九月的手
安抚满池暗泣的残荷
漂泊,归去
季节不过是背对一次离别

寂寞,不是九月
掐断灯芯的手
疾翻千年前泛黄的书卷
隐匿无奈忧伤闪烁的光

攥紧闪电
不停摇曳风
九月的手势
晃动,碰撞
并且带着血

团坡地

种庄稼的人老了
房子一间一间腾空
阶下石菖蒲蓬勃生长
白凉姜[1]和月季散着少女香
阳光照耀着这无人的生活

路人穿过院子仍高声打招呼
惊起一群鸣唱陈词的鸟
走失的牲畜回来过
将屋后一人深的野草吃干净
把白骨和铁掌留在树荫

黄昏的一点余温慢慢散着
四下寂静
只有些雨洒了下来
飘飘摇摇
不知要落到谁身上

房子轰然倒塌的时候
我还在远方做着梦
我的家与荒野混为一体
而我的亡人
还居住在那土里

1　白凉姜，暂不知学名为何，形态大体如生姜，部分特征又像良姜、姜荷。香味奇异，入口难忘。

紫皮土豆

枝蔓多节多疤
这里的春天来得如此缓慢
叶子细密
覆着细碎的冰霜
花苍白透明
承受过爱情的死寂
块茎像一个个拳头
藏在泥土深处紧握着
瘢痕紫的薄皮充满愤恨

大地多么安宁
而它因孤傲
付出消失的代价
谁去替它
怀着对世间的悲辛
和温情

割野草

山野上,成群成群芜杂着
那些与风有关
与寂静有关的事物
此起彼伏奔涌着
大朵大朵白云紧随其后
不断抵达季节,又离去

一片月牙铁深深地弯进去
却搁浅在这片海里
夜幕降临,割草人竹筐里
空无一物

可那又有什么呢
怀揣一种
不需要抑制的情愫
他尽可以双手空荡
迷失方向

草席

秋天,女人坐在木架前
打席子,手指抚琴般灵巧
蔺草吸足了阳光,温暖柔软
其上的事物也将充满温情而回味悠长

母亲将席子折起,掩住脸说
也是这样一张席子
在医院的墙角
包裹过一个病死的孩子

白色花

栀子花在土坎脚开了
就像是
在旧画册泛黄的照片上那样

多少年,它开了又谢
在自己的凉风里
哀悼
那一年一度的青春
已经日益衰老

一只鸟在树上停过

一片羽毛,挂在枝上,比树叶
绿得更深一些,比果实
晃得更猛一些,风一吹
就像要飘零,欲落未落

鸟,多了一个分身
倒挂着,恶作剧般
赋予一棵树
关于春天和死亡的想象

老人坐在树下,吸旱烟
在阴影中投下另一块更重的阴影
显然
一只鸟的离去
并没能惊动他

枯萎

把草籽给予鸟雀
把枯枝给予火
剩下的一部分给予风
大部分留给土地

第三辑 兰芝常生

Companion/42cm×47cm/2006/Chinese Ink and Gouache on Rice Paper 林天行

金黄木棉[1]

种子藏在
只有死者才能抵达的远方
雨落下来时
大地是寂静的
很多人在河岸走过
草木被惊醒

花朵远远近近开满河谷
一棵棵树从内心深处吐出火
花沉落,迷幻的弧线划过
或许有那么一瞬
你会感觉到一丝光芒闪现
有几星甚至溅入你眼睛

很多时日在孤寂中过去
人走远了又回来
花仍然一年年掉落
像头颅滚满大地
守秘者如一
不动声色地老去

---

[1] 据说黄金木棉树下会有籽料。籽料石,是黄龙玉中质地最优者。黄龙玉山料被水搬运距离较远后形成籽料,其外形已经被冲磨成卵石状。

那个姓李的广西人

有一年
也许是秋天
那个人可能只是路过
却被一块石头镇住
当他把石头扛到山外一掷
世界颤了三颤

此刻未返回苏帕河的那人
可能已屈服于时间
抱着动荡不安的生活
也可能静居闹市
隐藏日益黯淡的一生

他并不知道
当年遗落河边的手电筒
曾照亮一条河的命运
也锈蚀了无数人心

草绘黄龙玉地图 [1]

一个新玉种横空出世
沉默已久的山暴露了黄色灵魂
苏帕河深知人性的无餍
它流淌的声音开始颤抖
小黑山,玉饰永恒的佩戴者
背对人们弯下了身子
隐匿多么艰难
沉默多么无用

人们俯身向大地,阴影笼罩下来
一幅地图被目光照亮:
茄子山水库东侧近上游出大料
五十千克以上者不计其数
水草林谷坡陡峻,出优质小料
沿中游,在椿头坪、尹家田、朝阳随便走一遭
准能拾得一二
台子田有一处温泉
暖砂间暗藏上好乌鸦皮

---

1 黄龙玉于2004年在云南省保山市龙陵县被发现,主产区在小黑山,次生矿床主要集中在苏帕河流域。2011年2月,被国家正式收录进入《国家珠宝玉石名称》。黄龙玉继蓝田玉、南阳玉、和田玉、岫玉成为中国第五大玉种。2006年6月,龙陵县委、县政府对黄龙玉矿产核心区域封山禁采。

麻栗田到三江口屡出小精品
而后河汇入怒江
逶迤向东南远去
玉踪难觅

苏帕河左岸环绕的小黑山
植被密集，绿得发黑
以死亡的光芒守护秘密
远古，火山喷发
低温熔岩在石缝间流动
历经千百万年不发出一点声息
守护洞坑玉、草皮料、山流水
黄者似金，红者如血
矿体走向取东南—西北势
像忍着内伤的将军拔剑一挥
便溅起火星
向大硝、大场、芹菜塘、团坡、木瓜洼、
张家村、麂子洼、象达洼、百花寨、大河边……
恢宏绵延而去
到某处却戛然而止
一块都挖不出来

洋烟河玉料水头足色泽艳
常有水草花或山水图景

多棉且有裂绺

有人说这让它美中不足

我却不以为然

透过它

便能以帝王之态俯视辽阔江山

镇安老梨树一带

那血红就有些异样了

颇似壮士喷出的那一口

苍茫天地间

只剩一声叹息

猛梅河籽料则更浑厚

黑、白、黄、红、灰

一石含五色

令人不忍打磨

怕联想到酷刑

现今几已绝迹

龙江的名字大抵有些来历

要不三台山料怎会有鳞

放入水中恐怕会游走

硝塘村产的料外白内黑

洁如冰、乌胜墨

任谁也看不透

人们一锄锄翻动着地图
享用大地的骨头
在巨响中草草结束狂欢
从伤口中仓皇散去
无痛的灵魂仍躁动不安
伺机再次掀开安眠者的灵魂

小黑山腹部[1]

1

随着铁器的叫喊

尘土血一样飞溅山谷

惊动正在树上筑巢的鸟

虚弱的石头

从山谷腹中被掏出

2

小黑山在晃动

每片树叶是夜晚的一部分

锁链一样站在树干上

忽地成群跌落

掉进水里或泥潭

像枪支走火

有人猝然倒下

一声不响

没来得及痛

---

[1] 在小黑山主矿区,盗采者在山体上打出一个个矿洞,有的长达百米,整个山体被挖得满目疮痍,当地环境遭到严重破坏。《云南省龙陵黄龙玉资源管理条例》2015年1月1日起实施之后,黄龙玉的保护与开发才步入法治化轨道。

3

又是黑夜

冰凉、尖锐

白天迅速褪色

成束的光击中几阵鸟鸣

慌忙捂住脉搏

像要按耐一个想要复活的人

露水挂在带毒的草叶

草叶舔舐过小腿的血

4

雾从山腰渗透

美而凄怆地持久涌出

怨念般流动、变幻

我别无选择地目睹

散尽又凝聚

耗尽一生最后的微光

5

每当铁器停顿

在即将爆炸的沉默中

都会传来时间的回声

造成时空瞬间的卡顿

没有预示

没有交代

6

山巅，暗昧
玉色晚霞逃到洞穴中
一只黑鸟
站在树的断枝上
冷静地俯视着凡间
它并没有像我一样沉思着死亡
它不过
等待着雨伸展腰肢
而降临

7

它背对我们站立
静默的雨水满面流淌
我们一捧捧承接着
不为所动
石头已修得魂魄
而人冷凝成无情无义的石头

8

子夜时
我听见受难的石头

叫喊我的名字
我抓住手腕
透过它温润的目光
瞥见
自己的嘴

9
当沉默咬破我的唇
我流出小黑山的血
低下身子
触摸沾湿的花蕾

10
太阳匕首刺入山肚子
撕裂的花裙下
血迹新鲜
我站在伤口中央
我采摘它
神采摘我
我们破碎在一双手上
消散在一双眼里

11
每一枚石头都安息着一个魂

他们兴奋、紧张

屠杀一块石头

一层层将它剥去

它蜷缩,蜷缩到自己里面

一个自己躲入另一个自己

最终

无处可藏

12
雨落在山草和石头上

苔藓高高昂起头颅

小黑山需要雨

抱住雨

雨飘落在前额

雨飘落在伤口

雨飘落在麻木的世间

13
一张张脸

在森林中幽灵般聚拢

时间已不确切

雨失魂落魄

穿蓑衣的神祇

跌走向永恒无限

如何将他们再次埋入大地

挖

在这条河里挖到过无数玉石
也挖到过流血的脚趾
他们弯着腰
不知桃花开了,落在
寂寞的肩头

涌动的人挤向河
没有白天黑夜
只有耳鸣眼花、窒息和疯狂
挖
不忌一锄断送风水
挖
不惧将自己埋葬

挖起大鱼也挖起传说
挖出一两块月光
也挖出湿漉漉的梦境
甚至挖起一片村庄一座山
挖出不属于人类的那一份
向下挖,挖啊
河的骨头迸了出来
渴意蔓延至每个人喉咙

荒年

河水涨起来时
有人赶回家
遇见水稻
野草一样长在田间
种子不知是哪年秋收时遗落的
他们忙于挖玉、卖玉
它们发芽、开花、灌浆
然后默默将自己收获

风钻机

他未成年,中学没上完已成熟为发动者
吸烟比别人狠,将自己隐匿于别的事物
打钻也比别人狠,检验世界的可靠性

天不亮便出门,穿过坑、浮土和草丛
等人逼近,他周围的石块已立成一圈
打破完整的状态,进入孤立

有时晚上就睡在田野,头枕玉石
做梦或丈量,从不借助想象
生活就是生活,意义自然显现

半夜醒于浮动的边界,宇宙旋转
参照性使他紧张,遥望假象笼罩的陈旧村庄
像无法返回的空间旅行者无望中生出无畏

他想把一些事物预先埋进荒地
走进坑,曾真实存在的亲人在此已死去百年
对着土地,一下下就像钻在自己的身体

蓝色帐篷 [1]

一切都已被遗忘
天空辽阔
零星的村庄寂静
月光和石头一样冰凉
耳边,河水漫过稻田

所有人都沉迷于
从大地深处抠出星辰
没察觉遍野草香已没过膝盖
也没察觉
一朵白云正开在头顶

人们陆续被驱离
山河渐渐睡去
遍地脚印
似乎仍在寻找着什么

---

1 在小黑山主矿区和苏帕河流域,大批挖玉者曾云集,一度支着数以千计的蓝色帐篷。

一片玉米地

有人出九万六千元买一片玉米地
他辗转很久
掰下成熟的玉米
未成熟的则连同秆晒干扔进灶膛
也好,不用等青了又黄
锄头一放便结算一生的收成

无事可做时风吹得更紧
在家是待不住的
他走过玉米地
就像经过自己的前世
那心境还盼着在不远处
能与下一季的粮食相遇

后来,据说只挖出六百元的玉
至于那片地
也许继续长出玉米
也许就那么荒去

石头地的秘密

卖地
他是不卖的
子子孙孙也不准卖

"挖不挖得出都给两万
挖出了就分成
只是挖一挖,挖完就走"

他禁不住年轻人一口一个大爹
脆生生地喊了几个月
终于答应了

没过多久年轻人又来了
拖出蛇皮口袋,三百万
他愣了,几辈子都没见过这么多钱

他扛起锄头跑到地里
他的地被开膛破肚
忍受过一番血洗厮杀
说什么也不让挖了
老祖宗一辈辈守着这地

从没有谁敢作践它

他知道脚下的土地藏满玉
却不深挖,只依旧照料庄稼
和去年,和多年前没什么分别

石头墙

听说,有人在猪圈的石墙挖出玉
一夜跻身富豪
但他们不挖,只想
让墙在倒了之后
与原野的草
浑然相融

腊肉石

事物常用其他事物来呈现自己
其他事物更加可靠
人们习惯透过现象探求本真
喜欢在一个事物里发现另一个事物

它不过是碰巧制造了一点点荒谬
以失真显现真实性
以熟知强调陌生化
符合某种审美

不要以人类有限的知识去揣测
它是否指向那些病态的时代
隐喻一些不合理的事物
不要试图让它的意义超越意义

山流水 [1]

犍陀罗风格
秣菟罗风格
萨尔那特风格
大理国风格
帕拉风格
凉州风格
无风格

石头以切肤之痛
成全众生
佛们紧闭双唇
追随万物的慈悲

山流水,是一种奇迹
佛,是另一种奇迹
敢于割舍多余的部分
让光涌入体内
甘于被埋没
像那些死去的亲人

---

1 山流水,原生玉矿石经风化崩落,经过河流雨水的冲刷,表面已较光滑,还未成为籽料,但较山料更为细腻、润滑。

成就又一个春天

一千年不过流水漏隙
石头不与众人为伍
打坐一辈子又一辈子
以沉默
保持着佛的庄严

不必悲悯它们无欲无念
且无泪可流
不必仰望它们
在自身存在的确凿性中
以死而活

玉雕师

雕静物少了些生气
有表情的会妙一些
但带情绪的未必好

他早深谙此道
经他手的玉石
放到水里有戏荷涟漪
置于风中便振翅欲飞
呵一口气显出云中仙

每一件作品都引来惊呼
从没有人觉得缺少什么
只有他心里清楚
赋予石头生命
却给不了它们死亡

玉雕陈列在暗处
睁着眼空洞地望他
致使他雕不好下一块玉
他的魂
在钩砣下被磨来磨去

Contennunt/45cmx53cm/2007/Chinese Ink and Gouache on Rice Paper 林天行

雕玉

他从石头上感知到
自我的出现
作为部分的、延展的石头
也作为消失的中心

他把自己摁住
磨去粗粝的表皮
就像从黑夜取出月光

接着,打磨出冰冷的线条
碎屑雪一样纷纷落下
集体之躯有了面容,闪烁起眼睛
有了目光(抑或哀愁之所在)

最后一笔,让他感到幸福涌起
玉滴下了人的眼泪
人,获得重生
肉身硬化为石

水草花

接过这块玉
风就一直吹
草木和远山不断变幻
烟雨斜
桃花落

看久了
什么都没有
唯耳畔风声不绝
万古愁绪
都散在这天涯里

水草花之殇

黑色的树林、鸟群、云朵
黑色群山绵延起伏
黑色的苏帕河急速奔流
素描的春天浸泡在微弱黄昏中

真实的灵封印在那里
已死的景象早已偏离存在
敞开的石头虚弱而悲愤
没人能把铁[1]放回坚硬的子宫

---

[1] 铁、锰等矿物元素浸透、渗入玉料裂隙，经长期沉淀形成水草花。

美玉英雄

怀揣美玉
在黑暗中
也发出光芒

遇到玉
总是相见恨晚恨离散
恨不能死死相嵌

河一过
多少爱都割舍了
唯对玉
拿得起放不下

世人爱美玉
如同渴求美人
以及她构成的整个春天

只有英雄
怜惜她尘封的痛苦和孤独
为之辉煌
也为之黯淡

乌鸦皮 [1]

有人举灯刺射血肉粘连的骨
剥薄脆的皮
掏未起搏的心脏

于一条干河之上
任人雕琢
成为任意一种生物

有人千里万里地赶来
做一场梦就走了
而它却因此
陷于死亡

---

1 乌鸦皮,籽料的玉肉被黑色的皮包裹起来。黑皮红心称为包公脸,黑皮白心称为黑色幽默,黑皮黄心叫乌鸦皮,通常三者被通称为乌鸦皮。

挖玉人的几种结局

有人还在河里
挖玉,或找自己的名字
有人扛着锄头回来
翻箱倒柜找出种子
有人说,没有什么属于自己
也没有什么自己
有人上山磕头
有人背麻袋进城
有人默默观阵
有人不明不白失了踪

周婵子的孤独

她嫁过来没几年
爷爷奶奶隐退于群山之中
她看到真实的某种归宿

房子盖起,公婆蓦然离去
一辈子是多么仓促而无足轻重
在田野上、柴垛边、火塘周围
她活在他们生存过的痕迹里
习惯性地便拿多了碗筷

丈夫在盛年之时病了一阵子
无声地咽下最后一口气
一个人的命竟会这样毫无交代

走不过去了
她只好停下来
等一个春天把绿吐完
之后的几个季节就没法再躲了
她必须回到自己的命运中
那件事发生时[1]

---

1 2016年,龙陵县象达镇发生一起开采黄龙玉致5人因一氧化碳中毒窒息死亡事件,周婵子的儿子是其中一位。

已经没有人在她身边
当亲友闻讯赶来
已时过境迁
他们的悲伤挤满房子
围住她行将荒弃的人生

这些年她总以为没有过不去的坎
谁知道所有人都得孤身上路
所有人都无路可走

埋了六个人之后
空茫,人生不再有理可循
也再没什么可以惊动她
从此,她不再提起孤独

比玉更易碎的

人群卷土而来
踩乱一地影子
玉踉跄跌撞而归
一块块缺胳膊少耳朵
有的眼睛碎落在路上

至此,本该用伤痛过后一切将归于寂静
来作为结束语
残缺久了
也就成了完美

然而玉回到尘土里
不断审判自己
变不成一根可以做脊梁的骨头
唯有将自己彻底敲碎
除此
不知要拿什么慰藉
那些比玉更易碎的……

意外之外

一个男孩跌入挖玉的河洞
岸上能喊出的声都喊了
只有河沉默着
急得团团转
却无法让自己决堤
他被寻回时
皮肉绽开[1]
数年之后
母亲拖着孕身在岸上与河对峙
不知道是否该继续相信
河涌起浪的姿势
是为了把他
努力地举上高处

河,流着流着
就流成脸上的一行泪
河,一滴一滴掏出内心的
痛楚、寒冷、恐惧和不甘

1　该河段有温泉源,蕴藏玉石,无序开挖玉石对河床和周边生态造成巨大破坏。

背对一块地

背叛者
心中有愧
先与土地决裂
然后又与自己对立

不知道如何迈步
猛地吸一口烟
像憋住一句话
影子长满繁芜的草

风刮得很费劲
看上去却漫不经心
扬起的尘土里
一个人孤身远去

碎玉

山水轰然坍塌
一地月光,惨白

未完成的部分
成为春风吹不开的风景
除了光
再没有工具敢在上面雕琢

他早已改行
仍习惯紧握着空空的手
怕一松开会有东西碎裂

玉人

一块玉,横陈于街市
像一个认命的女子,安静地
坐到融进薄暮

她只把玉卖给懂玉的人
交出一块块玉石
像嫁出一个个自己

雨落下来了,她不动
仿佛要让这世间的冷
将她心上的温暖和洁净
彻底散去

她滴着雨水,过于安静
像刚从泥土里走出来
以至于无法把她
从玉石堆里分辨开来

石头还是石头

要让一块玉具有母性或佛性并非易事
像奏一首曲子,把多余的部分
全部慢慢弹掉
直至把骨头从石头体内剔出
要把祈祷一刀刀刻在它身上
让它相信人世间的爱和痛
还得把灵魂掏出
安置在冰凉深处
它的眼睛一天天明亮起来
面对这惊世之作
任谁也不会说
石头还是石头

雷打石[1]

半透明、纯白、灰、黑
分裂的眼睛睁着
目光从山体涌出
渴望获得生命
吞噬闪电获取能量

温和而冷静的开采者
收集亡灵的碎片
另一种形态的血或骨
在碰撞到金属时发出梦呓
他听懂了某些脑中同样存在的符号

它们并非必须永远受到威胁
很多虚假的东西被误当真理
而我们不必惊慌于仍一无所知
世界总是被敲碎
又重新建立起来

---

[1] 雷打石,地名,曾因开采硅石使水质受到严重破坏,如今非常注重保护生态。

石头有石头的命

石头是山水之间凄美的片段
世界已支离破碎
你流泪你背过脸
你疼痛于江山的一览无余

横渡大河独自穿越高原
身后被陌生人占满
有人死去有人活着,太阳孤独
幸存的风干干净净

无数石头散落在河滩
不管有没有玉的特征
石头有石头的命
无法将它摁回鸟都飞不到的地方

大烂坝 [1]

我不该提及那些白日
被刀刃之光照亮
笑不露齿的石榴
被善妒者拔牙
头深深垂了下去

满面泥泞
哭不出声
只因怀中的杜鹃
已在断枝上开花
在双重的春天里
守护另一个真相

---

1 大烂坝,黄龙玉核心产矿区小黑山的一道山谷,2007年私挖滥采最严重时,每天都聚集有七八千人开挖黄龙玉,导致山谷山体破损严重。

乱石堆

阳光渐渐散尽
黑暗中,来自河谷的风已吹凉
切面透出新鲜的色泽

散落旷野,如孤零零的坟冢
鸦群温驯地降落
在春天里,在寂静中

望春

群峰之外秋天降临
而我,人间之外
穿过寒冷
消失于老箐头的苍翠

当我望去,春天碎散
露水沾湿褐色苔藓上零星花瓣
风在吹
我怎么会知道我不在这里

胭脂云幽晦莫测
我愿,在林中
在竹枝石斛的黎明
不倾听,不顾盼,不等待

兰

1
洁白的根被抽出
魂,却留在土里
骨气,与魂不可分离
而生命与魂,是否也不可分离
在这深刻的灾难中
对命运的拷问
无法保持庄严

2
站立在盆中
根,剪过,甲基托布津溶液泡过
被迫活下来

它伸出黑色的舌头
像一个弱女子恶作剧般
吐露死亡

3
刀刃在静止的风中挥舞
割不断缚在身上的枷锁

徒劳地又一次洞穿天空

一块灰色石头安眠在它身旁
沉闷、孤独
压着死亡的阴影

星群不再坠落
已没有事物因为美
而混乱不堪

4
容器之于土,之于根,多么脆弱
根能崩裂瓷,却逃脱不了一个词
它站在这虚假的春天里
人造的温度和水雾
让它的腰身恢复秀美

黎明隔着玻璃
降临在被它否定的人间
它仍是自由的
既然一切仍在它身上保持明澈

5
他徒劳地搅动着它的孤独

它总是拒绝的
面庞揪心地展开
身子却从不因悲伤颤抖
迷惑着他痛苦的双眼

深知它永恒的渴想
除此，一无所知
贸然地撕裂自己的心
除此，一无所能

融汇了两种希望
为它冠以女儿的名字
红花沉默
每到春天
就像被匕首命中

6
热血不断喷涌向断颈
它高高擎着，火焰
在案头站立，久久燃烧
直至头颅发黑
布满烧焦的伤痕
但不觉得疼
至死等待，它知道风

还在寻找火焰

7
有一些事物
在火焰中安然无恙
是被火接纳还是宽恕了火

而焚烧,而死
是为了复活
最难的,是不留灰烬

8
塑料和绢帛被伪装成花
盛放、半开、含苞,朵朵不同
幽香涌动
他出于热爱,将它连根拔起
兰瞬间收敛起临风的姿态
枯如焦炭
真的死了

他从此再没碰过兰
不管真的还是假的
只把双腿深深地埋进腐叶堆
等着某个时刻,能为谁

挨那必死的一拔

9
兰在纸上孑然而立的样子让人不忍直视
墨迹犹新，似伊人眸中永含的泪
挂到墙上，满房之物都冷寂下来
黯淡的光线透过松树照进来，无言
留白并非将化的雪也不是隐去真相的雾
不过是毫无用处的虚景
破土前的寂静

香气散不出，深深压抑在纸里
预支了全部青翠的女人，近乎崩溃
一滴墨就能渲染一座山
他却始终不下笔，毫不动心

10
在出入境大厅，看到一张公告：
兰花入境需申报
她不禁一冷，抚了抚手指
担心自己是否会被识别出来
她体内充斥的黑色悲伤
是否能掩盖
幽幽兰气

石斛倾晨

眼中渗出的阳光穿透淡紫色的先端,这一瞬
另一种绽开的意义——"入境便行春",乱了时空
如此狂暴,自由地,吐露
我不曾习得的光电语言
重要的并非你诉说什么或是否隐喻
既给天空,也给我

如果未到此,如果没有刚好遇到诀别的一绽
风也是空茫
两只瓷碗萦绕而起的热气也是情闲
甚至,深林,绿过千载,也不过揉皱在纸团间
而此刻,必须且正在疾掠另一段时间
删减了万千个片段
忍受精选的部分比忍受冗余更加不易
而你,抽出一缕阳光
微弱的热量,源自你生命的香气
正渐渐消散,我们对望,在这静静的残骸般的光下
过分的美便是虚构
这一瞬,消逝,如你,如我

紫萦仙株

整个山谷旋转、入幻,剔透的白色部分嵌入
紫色微光,于是,与梦无关的部分凉了下来
从无数裂开的瓷胎倾吐不知何时才休止的长句
冷雾以得道之姿回旋反复隐现此间
阳光也不敢靠近

当河岸的墨色更深,掩映一千年的冥想
有水滴轻叩石块,万重青苔沉默
一道裂隙,无法承载完美之美
转瞬之间,已然消失
恍若,石上,一株仙草,从未被苏轼虚构过

石斛

以诗学探索
你残忍的美
徐徐展开,在夜色中
填满想象,幻化
一片锋利的碎瓷,柔情一掠
从天空到心口
剥开世界
露出
你
世界已为此改变结构

幽谷石斛

你曾否见过,山谷蜷身
乌篷船般沉浮在幽暗的苏帕河
你曾否到过,黄龙玉般的清晨
从隐秘的石缝中
抽出一株植物,从墨绿叶片,探出花序
倾泻而下,寂然无声
丝与棉的完美比例,抖动
在被风吹散的阳光中,当面庞
自蝶翅中仰起,一袭白雾,抹去轮廓
秋风吹散重组的结构
你即万物,万物即我

第四辑　芸芸众生

White Clouds by Windows /42cmx47cm/2006/Chinese Ink and Gouache on Rice Paper 林天行

表妹

这个称呼也属于我
如一只雀,跳跃,远远的
一个人惊喜地喊着从山坡疾走而来
声音夹杂着暗红色槟榔味
和粗重的草烟气
像在空中扬了一把土灰,呛人

因着这呼唤,一个女子变得美好
身子一轻,月亮、素霜
散出白凉姜花的香
透着蜀葵的嫩、香蒿的柔
手腕起落间划出迷离的弧

人从未醉,却恍惚了
那轻飘飘的身影在一万个比喻里
竟也会长出鱼尾纹
唯有称呼的意义没有成长

再唤一声,表妹——
已过盛年,声音粗糙,冷硬
笔画渐渐松散
像骨节发出一个轻微响动
并没有产生疼

鬼火

远处,他孤身一人
正经过灰绿的龙舌兰群
他是点燃的火
赤身赤心
要从虚幻的世间走进真实里
他渴望一无所知
让血重新穿透身体
从自身中走出来再活一遍
然后才再次死去

招娣

这个名字
曾使人活得很不平静
每喊一声
蹦出一轮鲜红的太阳
又沉入一道伤口般的深渊

人们用等她的愿景
召唤另一个人
喊的人和被喊的人
各怀一种心境
隐隐都有些疼

必须把自己该得到的留下
直到缺席者出现
内心才如开出桃花般柔软
假如他一直不来
则必须替他承受黑夜

有些,渐渐习惯了荒凉
默默生长又寂寂离去
出嫁后,带着失效的使命

仍被人喊着
很多年都摆脱不了那一声叹息

另一些,越活越卑微
带着一丝凄惶再次以它为女儿命名
带有抒情的成分
像扎入肉中许久的刺
喊久了,痛感渐渐变钝

后来,一些名字渐渐热闹起来
我们喊熟的招娣们
慢慢从村庄消失
正如当初她们像石头
硬生生落地

吹打人独白

我在你的幻觉中存活
你作为声波被我探测到
进入我密封的洞穴
唤醒我假死的孤魂
在你幸或不幸的开端
一切已经终结

低音,是你的名字
我将它沉入我温热的血里
就像将你的头
轻轻按入我怀中
在一个又一个梦中
涌起微小而致命的浪潮

高音,是我撕裂的心
从未被观测的世界
因疼而地震
无所畏惧地敞开着
永远,也无法缝合
停顿,是目光与目光碰撞
热望被抵消殆尽

一声爆炸之后
空余一个没有物质的宇宙

我本该在夕阳的一次闪光中消失
而我只是行走在小路上
我并不知道
自己在这世间
作为一种声音依然回荡

哑巴

一生节俭，一天光阴也没挥霍
从未说出身体里的疼
至于命运的凉薄
世人已替他原谅了

老母亲过世后，他总惊慌呼叫
无人能安抚
衰老之躯像病瓜
仍悬吊在枯藤

阳光在深冬，淡白
父亲路过时停下，习惯性摸出香烟
没人从斜坡迎来
四周山水逼近几步，也停住

路下，十字花科植物颓散着
白色骨头在土里膨胀
其内乌黑正以放射状散开
这世间，所有生命都前景未卜

闲聊

夏末时分在湖边
说着远方的事
偶然想起一个人
母亲说前年谢世了

佛性

冬天的暖比其他三季更加真实
村里人轮流设宴杀年猪
鲜红的血强化了喜庆
我们围着火在死亡中相亲相爱

整个村子的刀都磨得锋利
但到春天
妇人又将猪仔抱在怀中
像亲人一样对待

纯真的猪仔在酣睡
梦呓多么安详
是谁在救赎之前
就已宽恕了一切

山水画

独眼二爹,一个踉跄
落到钵里吃剩那半条鱼游过的水塘
如被吞入冰冷而黏稠的内腹

他看到,群山在翻转中甩出苍翠
松树张开满身刺,勾住夕阳
鸟儿惊散,把天空亚麻布一样抖开

暗红的锈水调和罂粟油
在破镜中铺排草色,由深到浅
无数色块复叠,忽而呈现死亡一片

他鼻孔冒泡,喷出遮盖力最强的一笔
爬上岸,再次回到昏暗
必须阻止山水在他眼眶里溃烂

生基
——赠奶奶

阳光暖暖地照进林子
几株山茶开得正好
石碑上字迹清秀
布满雨水和风的痕迹
一些事物早已融入野草
隐隐约约晃动影子

奶奶抚摸着空白处
那里会被刻上一个日期,淡淡说
以后别忘了到这里来看看我们
身后的时光无边无际
土地无声无息
往回走时
我们和来的时候一样
轻松而愉悦
再次经过
开得层层叠叠的山茶

悬念

一个雕花的胭脂盒子
还丈量着几千年前
临窗女子的容颜
甚至放过了发芽的机会
和腐朽的机会

一只蝴蝶
穿过断成一截截的箫声
飞在夜凉之后

一盏时光
她点亮
试图寻回一些羽毛和碎瓣

隐去悬念
一个事实漂起
她的鲜血淋漓
是因为
曾被两片锋利的嘴唇亲吻
她的悲剧
和天空和飞翔很近
和大地和安息很近

醉春烟

这世间已无可割之物
镰别在墙上
已锈蚀
仍保持着刀的结构

当蝉飞到树梢
它必须弯向更低处
偏西的太阳照向深渊
欶欶的声音在它体内响起

在它错过的时日,草色无涯
有一千种方式毁灭它
却没有一种方式遗忘它

家谱

这些名字散落在大地上
名字之间
保留着干净的空白
却又因字派紧密联系
枝枝蔓蔓地绿了又黄
一个人的命被另一个人继续活下去
甚至悲伤
也被接替

人浩浩荡荡
来了又远去
而苏帕河,还在大地上
怀着所有人生活的梦境流淌

雨夜之冷

也许有秋风,还有夜雨
她,听到自己的花瓣
孤独而缓慢地落下
并且,一切再无声响
她的目光滤去一切
只剩经年的悲伤和疲倦

我多么想抚慰她
可是,在三十多年后的秋夜里
我只能这样怀着遗憾
承受着她当时没来得及
顾念的寒冷
理解着她深深的眷恋
以及生命中的一切盛衰枯荣

光

那些行将消失的光
如此细弱,攀在干枯的芦秆上
那么纯净那么寂寞
我要轻轻地将这些掉队的光
小心摘下,天正在黑
雨就要落了,它们拖着疲惫的影子
惶然不知该去往何方
慢慢地越来越黯淡、虚无

越来越凉了,无法捂住那些体温
缓缓地,为这些殉难的光
写下墓志铭:
牵挂与飞翔的纠葛者
以及一些冰凉的纵身闪逝
为这不期的照耀
静候已久
即便这只是一次离别

黄昏

昏暗、沉寂
像一场大火席卷而去
那么多的光踮着脚尖
渴望的眼睛多么悲哀
黄昏的白发
从我的梳齿中漏落
黄昏的眼泪
从我枯水季节的河床流过
随便摸摸哪儿都是潮湿的
我不能够再置身于黄昏之外
陷入一个叙述消逝暗示遗留的词语

黄昏在我体内的春天里睡眠
并且与我的血肉长合
当我老了,忍不住回望
忍不住扑向那些
树枝间遗留下的光
攥紧每一个黄昏给我的两种疼痛
冷却:叹息冻结在风景中
消逝:如果还来得及说出口

村庄之屑

1
我能否当着你的面流一次泪
你凋枯的白发
把我的心
我的骨头
勒得发疼

2
总有一个村庄
颤抖在你的指间
像一根点燃的香烟
凋落的花朵
不断地飞进你的喉咙
你的肺腑
呛得你泪流满面

3
村庄已经很深了
像一口古井
你摇起木桶
打捞上来一小块旧时天空

在井边洗脸

4
在大地与天空之间
在群山与河流之间
村庄是瞳孔
实在、空灵
并且核心

5
每个村庄都有那么一棵树
坦然得
能直接承受暮色

每个村庄都有那么一棵树
在人们深睡的寂夜里
轻轻地嚼着月亮

6
太阳是一朵巨大的花
将花蕊伸向初嫁的女子
赐福果实

7
河水
以血液循环的方式
不息日夜流淌
其上没有泊船
只有赤足
走向堤岸

8
感受过寒风
然后走进春天
村庄紫色的
爱情
这大地上的土豆花兀自鲜艳

就这样相爱,水、空气、阳光
和彼此交叠的影子

9
晚秋的夜晚
一对年迈的夫妇
坐着被火烟熏黑的板凳剥苞谷
然后用苞谷皮拴住月亮
挂在树上或瓜架上

10
秋后的玉米地
是村庄伸出的一只
手,干裂的皴痕
承载着岁月的疼

11
桃花谢时
有人的祖母死去
安静得
像另一朵桃花的开放

12
晒最充足的太阳
看最缓慢的流云
村庄最懂生活
胸怀如此广阔

13
尽管离开多年
我仍然夜夜听见
灵蛙的乡音
房前屋后地起伏
苦甜、苦甜……

14
村庄成熟
腐烂
只剩下一粒坚硬的种子
牢牢地种进你的心坎
别人休想连根抠出来

15
冬天的火塘
和熟透的柿子一样
在村民的眸子里闪耀着
满足

16
破旧的腊月
扶着颤抖的门
不知在等待着什么
双眼
却被最后一个落日所伤

17
无论如何
村庄的存在是一个奇迹
根牢牢埋在土中

每一片叶子都是一个名字
年复一年，生长、繁衍
一片一片
从容凋落
一片一片
悄然发芽

18
流泪的村庄
跪倒的村庄
那首唱了很多年的歌
蓦然断成了两截

19
多年后的一场大雪
把村庄埋藏起来了
你
能否仅凭嗅觉
寻找归处

等待

一块朝东,一块朝西
两块石碑背山面水
立在不同的山冈上
怀着情仇
至今
仍无望地相爱着

无雪的冬天

山茶开得让人透不过气
无数的远方
此时已被大雪覆盖
获得长久的安宁

而此地
唯一荒凉的事物
只有那些灰色的石头
植物们不知疲倦地绿着
让人担心地下的白骨
会在暗夜里发芽
一夜之间裹覆村庄

杀猪人

白桃花开遍
阴森森的山野
他手执木枝
为黑色亡灵引路
阵阵烟尘扬起
又纷纷飘落在石堆和山谷

太阳落山后他回到村庄
一些不可逃避的事只能在黑暗中完成
春风过后,荒凉而温热的土地
长出带血的植物

人面桃花,惨淡
偌大的世间
只剩冷风
刀锋般
猛烈吹过

针线活
——赠外婆

春去,秋凉,生活的破洞
开出李花、梅花,一直开到天算坡
针,冰凉疾走,经过的
都是别人的锦绣河山和花好月圆
它越来越洁净
微微弯曲的身体包裹着万丈光芒

人生的真相是,每个人其实只有一条路
线,折返无望,漂泊以另辟归途
收身挤过夹缝,纵身飞跃悬崖
身后,密密的光阴已看不清
停顿过、缠结过、崩断过
结永远打在别人看不见的一面

一根针,把右手刺穿,成为一截骨
有人心碎地用针线去比喻母亲
一根线,身后辽阔,时隐时现
拐入另一段时光就再也没出来过
一个人,穿行在另一个人体内
像针线穿行于一匹锦缎

自由

夕光散尽,她仍在
微微抖动的墨玉绿草地
静坐,一如被群山囚禁

野鸢尾,凋敝得多快
为追寻美而丧生
了结,更胜于赞美

灰暗的雾霭从她的呼吸中垂落
她只想随了这秋风散去
而消失,是无法企及的奇迹

唢呐

沉寂的声音从未沉寂
死亡召唤不回死亡
只有那消失的声音能慰藉生者的心灵
吹出光,和无边的黑暗
所有人的命运都一样
没有人能死两回

祈求的不是万古长青
而是自由
当世界安静了
被遗弃的铜长卧在草地
布满绿锈,滴着血在悲泣

水芹

姑娘把自己的名字从水里捞上来
他们品尝它,那味道就是
他们一直记得的味道
咽是咽下去了
那一抹苦涩
却久久萦绕唇齿
无法言说

她的名字

猝不及防接住自己的声音
铁一样,烙人
他对着空谷,练习
柔声呼喊一个青翠欲滴的名字

阳光淡白,双眼闪耀
嗓音跑断了腿,声声桃花啼血
那回声在他怀里枝叶繁盛

无限接近,仅隔一茬虫鸣
却不敢真实地喊出
怕她不愿接住

若她不接
只能把它们都埋进土里
在风里一吹就要散去

没有名字的人

她从悬崖的树上扔下果子
她争取
生存需要的一切
却没争取到名字

没有名字
她消失得更加彻底
像一滴雨
落到大地

洗衣亭的女子

女子在水中洗月亮
轻轻一拧就挤出了许多
清亮的光阴
冰凉一滴滴开放
却不是梨树上的那一种

这最柔情最易疼痛的手
是从谁手中轻抽出的
这只手该端着茶杯
另一只手该
优雅地揭开杯盖

这只手该捧着姜白石的词
另一只手该
温婉地轻抚
"但怪得竹外疏花
香冷入瑶席"

尽管如此,只有在水中
十个手指才如此润洁
像两朵依水而生的莲
轻轻卷起月亮一角刺绣的文字
那么缓慢,并非寂寥

姐妹

含苞、盛开或是凋谢
这些盘根错节的事物
散落遍野

瓜架

瓜被陆续摘下,有一些叶子
还绿着,春天的意境还会浮现
不时飞出几声鸟鸣
那明媚就显得更加真实

老二爹在稀疏的光里坐了很久
把拐棍挂到夜里拴月亮的树梢
执意要把饭桌搬上瓜架
那里更接近太阳

左手举起酒盅,右手执起筷子
身子一歪,骨头差点摔散
他拍拍身上的尘土,望着蓝天
不肯说疼

黑白照片

春天,在光下翻开相册
他笑得慈祥
视线投向我的双眼

我还没到来,他已离去
我们是注定永远分离的整体
这就是我啊,他从未知晓我

身后的树获得无数次新生
时光还在那里,他面对着我
青春,在树叶上显现

碑

其上镌刻的是关于逝者的未来
他曾用这些奇迹之字向大地问好
向太阳致敬
不厌其烦地念了一辈子
这些字概括了他一生最大的成就和荣耀
凝聚了一切憾和无憾
生命元素在这些字里重组、构建
这些被作为他墓志铭被一排排记述的名字
才是他的命
人人、世世,如此

归隐

风、河水、青草,一切都浮动著述
心中早已无悲切
这些年,我在阴影的遮盖中
重新生活
耐心地等待着

当向日葵在体内盛开
我回到人群中间
与一人擦肩,无处躲藏
那人,有着和我一样的脸孔
我竟不知自己何时已复活

旱烟卷

男人碰面，话语皱成一团
递过烟袋，撕纸，卷烟，点燃
不谈论太长远的事情
说几句没用的话烟就燃尽

然后各自背着手
朝某个方向走
有人一走就是几月
也有人一走就是永远

院落梨花雨

花开,心斋生白
花落,静思忘念

恍惚一人,翻动无字之书
寒控独坐,在灵虚宫

骨头擦燃花朵,无形无相
万事不知,死生成毁

风过处,倏忽凉了
半阕春天,一怀空寂

送别
——赠爷爷

脚下的土地
是你的生活
和你的来世
大风吹过树林
阴影不安地抖动
拍打我面庞和肩头

寂静是光和光之上灰白色云
没有雨因悲哀而落下
仍看见低矮的残旧瓦房
在烈日下怀抱黑暗
荒草成片
疯狂生长

最后我们升起一堆狂笑的火
在石头房子前
我们将就此与你分别
我们将留下你
和松树和一切绿
和一切真理

墨水瓶
——赠外公

盖子,打一个小圆洞,并把切口
磨平,引出棉线时不会挂毛
灌上煤油,拧紧,放在枯木桌上
女人,持针,在布上种花草
孩子,在算盘珠子的节奏中
读罢《行路难》读《红旗乱》,摇头晃脑

满屋影子呼吸间便长高
夜色碎散,而冷风
也并不太遥远

灯熄灭后,他看见瓶内辽阔
装满月亮和云朵
几丝青玉色烟缕很快散尽
每个人都独自回到梦里,那时
并没有人感到孤寂

挖土豆

一小片土豆出现在我们经过的路边
你说起很多年前在比这更广阔的土地
你试探着将耙子斜插入土中
想将土豆完美地挖出
身体向前微倾、深躬
挖、捡,两种姿势
这样的重复是否乏味
碰伤土豆时是否微微颤抖

在哗哗流淌的月光中
你忽然缩回了滚烫的手
问我那些粗粝的茧
是不是划痛了我的背
你用比挖土豆更谨慎的方式
紧张着我的一切

离开以后
我在无数个黄昏久久地
孤独而平静地坐在一片空地前
静静地听着,仿佛静静地听着
你叙说
那些简单、力求完美的事情

送葬

亲人都赶来了
不沾亲带故的也来了
一起扛过锄头
所以来送一送

得有一些人帮忙
把坑挖好把棺木抬进去
得有一些人说几句话
安慰安慰活着的人

对着一个死去的人想哭就哭吧
但别再念叨这辈子留下的
遗憾,人生本就苦短
要说就再说几句嘱托

活着的人比死去的更不甘
但至少还有些天高云淡的念想
日子还得过下去
既然这些年都这么淡淡地就过去了

结果

生前无数次蹚进河流的人
被高高地埋在山上
一切幻象只剩下石头的冷硬
人们没有丝毫恐惧
认为这并不是结果
春天里坟头长出吉草
人丁兴旺

交换

我们总是费心地捧出些什么
并非为了交换
渐渐将对方的容器盛满
直到我们不再需要
用容器
去盛住什么

宿醉

自沉默最深处,只吐露一句话
分十二个身,反复对不在场的那人诉说
抒临江仙的情,而后永不再提起

把某个场景删除,再编排一遍
它应该即将发生,可时钟永远无法校准
无数情节交叠、替换,碎片飞散
不吝用尽一生弥补遗憾,终无法收场

没把意识倒空,不算醉
没把路走得像无路可走,悬肉身于天花板
没死去再活过来,也不算

阳光晃动,无法清醒过来
难以承受完满之美,惧悼不朽
宽恕独醒者,忘却眷恋者
悲喜过后,何不豹隐墟落,舍念清净

命运

很多人死去,另一些还活着
春天和阳光
向下,压住生活
疼痛,而后麻木
人,很快消失
无一幸存,人
只能把整整一生用来死亡

抵达

桃花深深浅浅落下
以风的姿势互相覆盖
前身今世早已颠倒
像醒酒般忍受下一季的丰收

原野中孤独的追风者
来了,又离去
一次又一次声势浩大地盛开
又轻悠悠飘落

树下,凌乱的母亲
安然抱着怀里的女儿
如同未经世事
却又无所忌惮

那个下午她去了山上,再也没有回来
美好的时光和悲伤
一年一度溢出,一年一度熄灭
春天里,整片风景不停抖动着

Monasteries Beside the Sun/45cmx53cm/2007/Chinese Ink and Gouache on Rice Paper 林天行

星空

一直望去
如果运气好
在明明灭灭之间
会找见自己

星与人
在荒凉的两重境地
相隔千万光年
彼此孤寂
同时幻灭

星子漫天
所见之物早已陨落
不知何时
再回到这漫长的世间

一截木头

在这叶落无声的静夜
一截木头在火塘里说梦话
夜里的风声让它恐惧
那扇竹片门
摇来晃去在打盹
它已经太老了,不能承担风的重量

这低矮的土屋
瓦片的青色已经被岁月刮出泥土的原色
一个老父亲和一个老母亲
总是早早地拉灭十五瓦的灯上床睡觉
年就这样过完了
要到明年才能等来孙女逗人发笑的城里话

老母亲天不亮就起来
拨开变凉的炭灰
凑近那节吓得发抖的木头
直到把它吹红,吹出火焰
吹着吹着,一滴泪就掉下来了
落在那截木头上
它痛得龇起了牙

囚

你是自己的囚犯
给自己定罪
将自己围困、迫害
又将自己宽恕、救赎
把一切美从自己身上毁灭

紧握权力
却从未能主宰自己
你正是自己唯一的敌人
终于你敞开牢门
却不再渴求自由
你一生都没能从自身中分离

黑梦

星辰碎片飞旋
被困在时间中
黑血描摹的脏污画面
忽然闯入视野
置身事件中心
却不知情节

不容等待
必将颠覆一切
而我已模糊不清
渺小、微弱
坠入天空的虚无中

我渴望生命
而死亡,牢牢吸引着我
记忆逃离脑海
醒,将更加不幸
荒诞已让我疯癫

重生

她一隐
消失于树丛
她的光
最后一次照亮大地

她
仿佛从未来过
或仍置身此间
她和她
仿佛所有人只需要一种命数

相遇

我们依然会相遇
在大风把草吹斜的夕光中
太阳烧红的树林间
或灯火安详的河岸上

你没有点头没有伸手
也没有像初见时那样唤我
只有一丝光从眼中一闪

我知道
你如我一般
无法表达分别的愤懑

缓慢

风吹，幡动
雾气浮荡，与灯火重叠
一场唐朝的雨
从山矾树上摇落下来
不是泪水的模样
经年的伤早已流露不出疼痛

年年的草木都深过悬崖
林间的花谢了又开
多少年来，这终年无霜的时光
零碎而又稠密
一如那些被敲打进木鱼的动作
一千遍一万遍地互相临摹

信徒虔诚地点完三炷香
在错愕之间忽然老去
云披散开，笼罩整个秋天
是该返身了
从山间下来，不觉
又活了一世

观照

拾级而上
遇到许多个去年的自己
时光并未倒退
只是在这寂静中穿行于双重的虚无

在这了无牵挂的境地
在这陌生的岸上
我想起母亲
以及许多与疼痛联结在一起的事物

朝拜

落地生根
许多植物抵达

大风刮过
成片地跪倒起身再跪倒
此起彼伏

佛光

一座山安坐
稳稳地端着草木
每一株植物
在内心都安置了一束光

取经

他们只想让身子轻一些
试图把胸口的气叹尽
从体内掏出黑暗
掏出悔恨、罪责
也掏出心愿

他们把需要被原谅的,都
掏出来
安放于此

多数人,在这里获得短暂的安静
又继续沉重地生活
有几个,回到尘世深感惭愧
世间如此辽阔
人,总是自视过重

秋风

秋风吹到这里的时候,就慢了
如果你内心还有喧嚣,还有
前半生积累的悲伤,也不会有人
劝你放下

树叶断裂、凋落
山谷与内心,无以遮蔽
但,并没有被吹空
种子颗粒饱满

风,将你欲抛弃的事物吹回内心
往一个人的骨头缝里吹
万物,动或不动
但,没有什么能够抗拒风

云南云，我用泪水镌刻

1
曾经你我无数次对视
但我却没可以
彻底地读懂你

当我第一次
在高过你的地方看你时
我终于了解你脚步的节奏
为何在十一月的风吹过后
还那样纡徐

在这中秋时分
我飘成了一片云
用你曾经看我的目光
看你

原来，作为云时
得到的阳光更纯净

2
在那样静寂微凉的暗夜中

山野上的白色花随地绽放
它们如此洁白
洁白得泛蓝
恰将你与天空的位置互换

在云南
有时的天空
是飘在白云之上的

3
作为一株云
我第一次彻底地开放
在你我彼此飘离之后

从此我夜夜耕耘
母亲的眼泪
父亲的烟灰
给予我水和养分
我思乡的苦涩开始生长

在你我彼此飘离之后
我第一次彻底地开放
作为一株云

4

我用泪水雕刻你
打磨你
无数次地素描你

我的记忆如梨花
带着暗伤
朵朵绽放

离开你
我才知道
不是每个地方的云都一样

你我的血缘
决定了我们的根
深埋进对方

我的青春如你
太过自由的孤寂
飞翔得有些苍凉

离开你
我才知道
不是每片云都那么轻悠

有时你也会

像枯叶般凋零

湿透流浪人的歌唱

脉表

我爷爷叫手表为脉表
说,人戴就走
不戴就停

生命和时间
彼此显现
互相掇取存在的意义
而精神
升华两者
凝练不朽的灵魂

消失的村庄

草长得很快
很多路
在一场雨水之后就不见了

门没拴
风一响就像有人回来
驼背的老墙
被冷不防地吓得一哆嗦
愈加斑驳、寂寞

村庄空荡
记忆
被折叠起
带到熙攘的远方去了

当另一个地方被称为故乡
村庄就那么轻描淡写地
消失了

外一首·林先生

青空,秋月
一个人走累了,站下来
感受到怯生生的凝眸

抬头,他的荷怎开到了别人纸上
也笼罩着江南烟雨
也依偎着维港彩虹

他爱他的荷,无疑
他视笔比生命还重,也无疑
可他,对荷一笑,竟转身走了

他爱荷,无疑
他爱荷,不受时空所限,无疑
他爱荷,不受自己的笔所限,确定无疑

　　林先生不小气,当年在画廊"偶遇"自己画作的仿品在售卖,他留给画商一抹微笑,他深知,很多喜爱书画的人重金购买一幅真迹谈何容易。
　　林先生不小气,当我计划出版诗集的时候,向先生求插画，先生搬出一摞画集："自己选。"

林先生很小气，我用一本书写苏帕河，先生却大笔一挥，只用了"苏帕河"三个字。没人说得清到底用多少文字可以具象地表达一条河流，先生更直接，直接到不容人思索，直接到不容人辩驳，苏帕河就在那里，那就是苏帕河。

林天行先生就是这样随性而为地面对着这个世界，随手把山抓过来，按在纸上，再捻起一条河围着，撒上星星点点的树木和野草，就这样，还原着万物，再造着万物。

遥远的不是未来